Analyse de l'œuvre

Par Justine Aerts

Le bruit et la fureur

William Faulkner

lePetitLittéraire.fr

Analyse de l'œuvre

Par Justine Aerts

Le bruit et la fureur

William Faulkner

Rendez-vous sur lepetitlitteraire.fr et découvrez :

Plus de 1200 analyses
Claires et synthétiques
Téléchargeables en 30 secondes
À imprimer chez soi

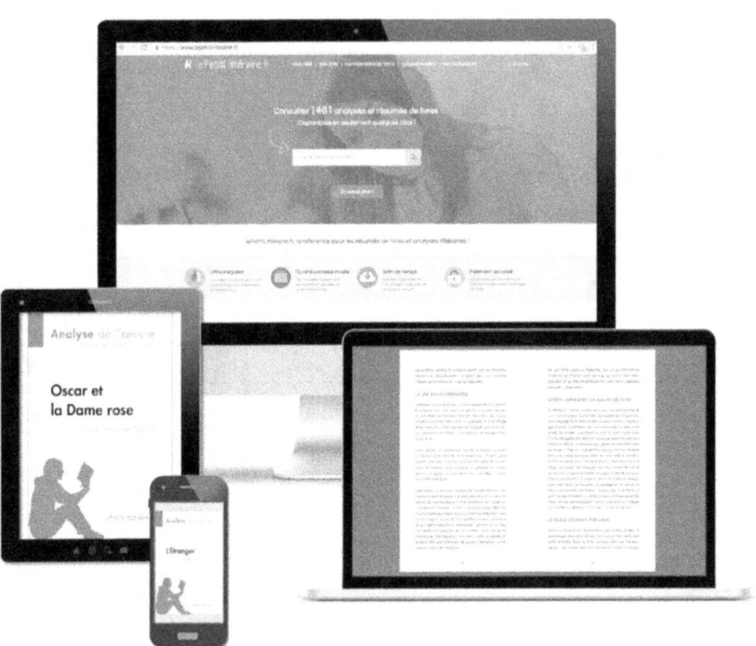

LE BRUIT ET LA FUREUR

UN CHEF-D'ŒUVRE LITTÉRAIRE

- **Genre** : roman Southern Gothic
- **Édition de référence** : *Le bruit et la fureur*, traduit de l'anglais et préfacé par Maurice E. Coindreau, Paris, Gallimard, 1949, p. 309.
- **1re édition** : 1929 en version anglaise, 1938 en version française.
- **Thématiques** : aliénation, passé, déclin, honneur, mémoire.

Le bruit et la fureur, publié pour la première fois en 1929 en langue anglaise, est largement considéré comme l'un des meilleurs romans du XXe siècle. Son auteur, William Faulkner, prétend lui-même qu'il s'agit du meilleur roman qu'il ait écrit. Pourtant, à sa sortie, le livre ne rencontre pas un franc succès : moins de 3000 copies sont vendues dans les quinze premières années. Malgré les critiques positives, le public ne semble pas encore prêt pour cette expérience littéraire quelque peu audacieuse de par son style innovateur et son approche psychologique sans précédent. Au fil du temps, le livre s'est finalement imposé comme un classique de la littérature et est considéré aujourd'hui comme un chef-d'œuvre littéraire, même s'il continue d'effrayer quelques lecteurs qui restent perplexes face à une structure complexe et la technique du courant de la conscience propre au roman moderniste qui complique la lecture en tentant de rendre compte des pensées des narrateurs. *Le bruit et la fureur* a cependant été récompensé pour ce reflet de la pensée humaine. En 1988, il obtient la sixième place dans le classement des 100 meilleurs romans en anglais du XXe siècle établi par la Modern Library.

WILLIAM FAULKNER

UN PRIX NOBEL DE LITTÉRATURE

- **Né en 1897 à New Albany (États-Unis)**
- **Décédé en 1962 à Byhalia (États-Unis)**
- **Quelques-unes de ses œuvres :**
  - *Tandis que j'agonise* (1930), roman
  - *Lumière d'août* (1932), roman
  - *Absalon, Absalon !* (1936), roman

William Faulkner est né le 25 septembre 1897 à New Albany dans le sud des États-Unis, un endroit d'où il puise son inspiration pour son œuvre littéraire. Il passe deux ans à l'Université du Mississippi, où il étudie l'anglais et le français. Il écrit des poèmes et des nouvelles, puis publie son premier roman en 1926, intitulé *Monnaie de singe*, sur les désillusions d'après-guerre. Influencé par l'œuvre de Joyce et la technique du courant de la conscience utilisée dans *Ulysse*, il publie *Le bruit et la fureur* en 1929 et l'année suivante *Tandis que j'agonise*, deux de ses œuvres majeures. Avant d'être publié, il fait cependant face à de nombreux refus d'éditeurs. Par la suite, bien que bien accueilli par la critique, l'auteur reste cependant peu lu et méconnu du public. Ce n'est que des années plus tard que le succès littéraire frappe enfin à sa porte : en 1949, il obtient le prix Nobel de littérature. Aujourd'hui, il est incontestablement considéré comme un auteur incontournable de la littérature américaine et un génie de la littérature. Trois de ses romans, à savoir *Le bruit et la fureur*, *Tandis que j'agonise* et *Lumière d'août* sont repris dans la liste des meilleurs romans en langue anglaise du XXe siècle établie par la Modern Library.

L'œuvre littéraire de Faulkner est rattachée au genre du *Southern Gothic* et du roman moderniste. Les personnages et les lieux qu'il invente se retrouvent d'un roman à l'autre. Dans son œuvre fictive, Faulkner crée un territoire américain, le Yoknapatawpha, un comté imaginaire dans l'État du Mississippi où se situe la ville de Jefferson. Dans ces romans, Yoknapatawpha est le berceau de la décadence des grandes familles, de la défaite du Sud pendant la guerre de Sécession au délabrement des plantations et de l'économie coloniale qui liquident leur fortune. Le suicide, le déshonneur, la déchéance sociale, la malédiction, le meurtre, le viol, l'inceste sont au cœur de ses romans. Faulkner y présente sa nostalgie du vieux Sud sans faire fi de la corruption de celui-ci.

RÉSUMÉ

Le roman, divisé en quatre chapitres, présente une structure très complexe et une intrigue confuse. Si chaque chapitre est daté, ils ne sont pas présentés dans un ordre chronologique et narrent les faits de façon décousue en faisant constamment des sauts – la plupart du temps non indiqués – dans le temps. Ainsi, le roman débute par la narration de Benjy Compson, qui s'étale sur la journée du 7 avril 1928, alors que le jeune homme fête ses 33 ans. En réalité, ce premier chapitre couvre des évènements du passé s'étalant sur une période de 30 ans, depuis l'enfance du narrateur jusqu'au présent narratif. Souffrant d'un grave handicap mental, Benjy n'a aucune notion du temps, ce qui l'amène à sauter sans cesse d'un évènement passé à un fait présent sans donner d'indications au lecteur de ces changements. Ainsi, les évènements s'entremêlent sans indications temporelles. Le deuxième chapitre est narré par Quentin, le frère ainé de la famille Compson, et est daté du 2 juin 1910. À nouveau, les évènements ne sont pas narrés de façon linéaire. La narration oscille entre le présent narratif et les souvenirs de Quentin, qui se concentrent principalement sur sa sœur Caddy. Le troisième chapitre présente une structure moins complexe et plus linéaire, s'étalant sur la journée du 6 avril 1928. Enfin, le dernier chapitre est daté du 8 avril 1928 et narré par un narrateur externe.

Cette division en chapitres non chronologiques rend l'intrigue très floue, d'autant plus que les évènements narrés dans chaque chapitre, en particulier les deux premiers, ne sont pas non plus présentés dans un ordre chronologique. Pour pallier cette difficulté, ce résumé présente un aperçu des évènements racontés au cours de ces différentes narrations de façon chronologique.

L'ENFANCE DE LA FRATRIE COMPSON

Nés dans les années 1890, Quentin, Caddy, Jason et Benjy – né Maury – sont les quatre enfants de Caroline Bascomb Compson et Jason Compson. Enfants, ils passent leur temps à jouer dehors, accompagnés de Versch, le fils de la famille de domestiques qui travaille au domaine des Compson. L'évènement le plus lointain présent dans les souvenirs de Benjy est la mort de leur grand-mère en 1898, quand il n'a que trois ans. Alors que leur père les avait envoyés chez la domestique, Disley, pour s'assurer que les enfants ne perturbent pas la cérémonie des funérailles, ils désobéissent et se rendent compte de ce qu'il se passe lorsque Caddy monte à un arbre pour espionner les adultes.

Durant leur enfance, Caddy est particulièrement proche de Benjy, dont elle s'occupe énormément. Elle fait tout pour lui faire plaisir et éviter de le contrarier. Cela devient de plus en plus compliqué néanmoins lorsque Caddy devient adolescente. Chamboulé par les changements, Benjy ne supporte pas quand elle porte du parfum, car elle ne sent plus les arbres, l'odeur qu'il associe à sa sœur et son attachement pour elle. Lorsque Caddy commence à sortir avec des garçons, Benjy le supporte mal. Un jour, il la surprend en train d'embrasser son prétendant sur la balançoire et s'énerve. Caddy s'excuse immédiatement et se lave la bouche avec du savon pour calmer son frère.

LE MARIAGE DE CADDY ET LE SUICIDE DE QUENTIN

Les choses continuent de changer pour Caddy, au grand dam de Benjy, mais également de Quentin, qui éprouve pour sa sœur un attachement incestueux. Caddy tombe enceinte et se marie en 1910 avec Sydney Herbert Head, malgré les tentatives de Quentin de la faire renoncer à ce mariage.

Cette année-là, le fils ainé de la famille Compson étudie à Harvard où il prépare un bel avenir. Cependant, le jeune homme est tourmenté. Obsédé par la virginité de sa sœur et jaloux de ses rapports avec les autres hommes, il est horrifié par la promiscuité sexuelle de Caddy. Il en discute même avec son père. Cependant, celui-ci ne semble pas tracassé par la question, car, selon lui, la virginité de la femme est une invention de l'homme. Quand Caddy tombe enceinte, Quentin affronte le supposé père de l'enfant. Il va même jusqu'à prétendre auprès de son père avoir commis un inceste et qu'il est le père de l'enfant, mais monsieur Compson ne le croit pas. Le 2 juin 1910, quelques semaines après le mariage de sa sœur, Quentin se suicide à Harvard.

Après son mariage, Caddy quitte le Mississippi avec son mari. Benjy, seul, attendra pendant longtemps le retour de sa sœur en regardant à travers la barrière d'où elle rentrait autrefois de l'école. Quelque temps plus tard, il poursuit une jeune fille qu'il a vu passer à travers la barrière. Par précaution, sa famille le fait castrer.

Quelques mois plus tard, Caddy donne naissance à une petite fille, qu'elle prénomme Quentin, en souvenir de son frère. Caddy, chassée par son mari qui n'est pas le père de l'enfant, confie sa fille à ses parents pour qu'ils l'élèvent.

LA VIE ADULTE

Suite à la mort de Jason Compson (père), qui a sombré dans l'alcoolisme, Caroline Compson, ruinée, vit seule avec les deux fils qui lui reste, Benjy et Jason, et sa petite-fille Quentin. Jason est manipulateur et se sert de la faiblesse de sa mère pour arriver à ses fins. Quentin, maintenant adolescente, suit les pas de sa mère : elle sèche l'école et fricote avec des garçons. Jason, amer de devoir travailler dans un magasin qu'il n'aime pas, est devenu aigri et malhonnête. Il vole l'argent de Caddy destiné à l'éducation de Quentin. Au cours des quinze dernières années, il a ainsi réussi à dérober près de 50 000 dollars à sa sœur. Le 6 avril 1928, cependant, Jason fait face à une difficulté : Caddy a envoyé un mandat plutôt qu'un chèque. Il arrive tout de même à manipuler Quentin pour qu'elle signe le mandat, lui faisant croire qu'il ne s'élève qu'à dix dollars pour pouvoir encaisser le reste.

Plus tard dans la journée, il aperçoit Quentin avec un homme à la cravate rouge et tente de les poursuivre dans la rue. Il arrive au cours de la journée à les suivre jusque dans le sous-bois, mais ne les surprend pas la main dans le sac. Au diner, il ne mentionne pas explicitement qu'il a vu Quentin avec l'homme à la cravate rouge, mais y fait allusion. Furieuse, mademoiselle Quentin monte dans sa chambre, prétendant étudier, mais Jason la soupçonne de sortir en douce de la maison, un soupçon qui se confirme plus tard.

Le lendemain, Benjy fête ses 33 ans. Adulte, il doit toujours être accompagné partout par les domestiques. Luster s'occupe de lui, à son grand regret. Toute la journée, ce dernier tente en vain de retrouver une pièce de 25 cents qu'il dit avoir perdu plus tôt dans la journée et qu'il espérait utiliser pour aller au théâtre. En passant près de la balançoire avec Benjy à la recherche de cette pièce, Luster et lui aperçoivent mademoiselle Quentin avec un garçon à la cravate rouge, ce qui rappelle des mauvais souvenirs à Benjy. Il pense à sa sœur Caddy et gémit constamment.

Au diner, tout le monde est de mauvaise humeur. Jason est exaspéré par les pleurs de Benjy et l'attitude de Quentin. Il la réprimande et elle menace de s'enfuir. Plus tard, Luster et Benjy voient Quentin mettre sa menace à exécution en se faufilant par la fenêtre de sa chambre. Le lendemain, le 8 avril 1928, Jason se réveille et découvre que la vitre de sa chambre a été cassée. En colère, Jason fait irruption dans la chambre de Quentin et découvre qu'elle est vide, la fenêtre ouverte. Il se précipite ensuite vers son coffre-fort et le découvre vidé de son argent. Il va alors voir le shérif, pour tenter de retrouver sa nièce, persuadée qu'il s'agit de la voleuse. Le shérif se méfie cependant, car il n'apprécie pas la façon dont Jason dirige la famille Compson. Il refuse de l'aider par manque de preuves. Jason se rend alors dans la ville où se tient la prochaine pièce de théâtre, car il sait que l'homme à la cravate rouge est artiste. Sa quête est cependant vaine. Lors de son retour à Jefferson, Jason croise Luster et Benjy en calèche. Il se fâche, car Luster a dévié de son chemin habituel, ce qui a mis Benjy dans un état désastreux. Benjy se calme dès que Luster revient dans un endroit familier.

ÉTUDE DES PERSONNAGES

BENJY

Benjamin Compson – surnommé Benjy – est né avec le prénom de Maury, mais sa famille a décidé de le changer à ses 5 ans, prétextant que le prénom Benjamin, provenant de la Bible, ferait du bien à l'enfant. Il s'agit sans doute d'une manière de ne plus l'associer à son oncle Maury. Le roman couvre une période allant de ses 3 ans à ses 33 ans. Il est le narrateur de la première partie du livre.

Benjy souffre d'un handicap mental qui l'empêche d'être indépendant et de s'exprimer, mis à part par des gémissements ou des pleurs. Sa perception du monde est différente : il ne comprend pas certains concepts abstraits, tels que le temps par exemple. Son esprit se façonne en fonction de ses sens, il ressent le monde qui l'entoure et l'interprète selon les odeurs, les bruits, les images.

C'est un enfant qui est particulièrement sensible et qui le reste au fur et à mesure qu'il devient adulte. Il est particulièrement chamboulé lorsque les choses changent : si Caddy met du parfum, il ne supporte pas qu'elle ne sente plus les arbres, il perçoit la mort, il est contrarié lorsque Luster s'éloigne des sentiers connus, entre autres.

Même à l'âge adulte, il dépend du reste de la famille, en particulier les domestiques Disley et Luster aux différentes étapes de sa vie. Ses frères et sa sœur, en particulier Caddy, s'occupent également de lui. Il entretient une relation très fusionnelle avec Caddy, qui est sa seule source d'affection. Lorsqu'elle ne vit plus avec eux, il ressent particulièrement son absence et le moindre souvenir renvoie son esprit vers elle.

CADDY

Candace Compson – surnommée Caddy – est sans doute le personnage principal du roman. Même si aucun chapitre n'est narré depuis sa perspective, elle est au centre de celle de Benjy et Quentin. Dans la fratrie Compson, elle est la seule fille et représente pour ses trois frères une certaine obsession. Durant leur enfance, elle s'occupe de son frère Benjy, à qui elle donne beaucoup d'affection comparé au reste de la famille qui a plus tendance à montrer de l'agacement envers le garçon. Elle se sent souvent coupable de ses actes, comme ses relations avec les hommes, lorsqu'elle se rend compte qu'ils blessent Benjy.

Plus tard, lorsqu'elle grandit, Caddy amène la honte à sa famille en tombant enceinte hors mariage d'une de ses nombreuses conquêtes. Elle se marie ensuite, mais son mari la quitte lorsqu'il apprend qu'il n'est pas le père de sa fille. Après cela, le prénom de Caddy est tabou chez les Compson. Rejetée de la famille, Caddy vit sa vie en dehors de l'environnement pesant dans lequel elle a été élevée, et auquel d'autres de sa famille, comme Quentin, n'ont pas réussi à échapper. Elle tente cependant toujours de garder contact avec sa fille, prénommée Quentin en hommage à son frère décédé, à qui elle envoie de l'argent pour permettre son éducation et qu'elle ne manque de rien.

QUENTIN

Quentin est le frère ainé de la famille Compson et le narrateur du deuxième chapitre. C'est une personne sensible et introvertie. Il ressent une forte pression peser sur ses épaules et se sent responsable d'être à la hauteur du prestige de l'histoire de sa famille. Étudiant à Harvard, il est plus obsédé par sa sœur Caddy que par ses cours. En effet, il est attaché à un certain mode de conduite et aux valeurs traditionnelles du Sud et les actes de Caddy, notamment sa promiscuité, provoquent chez lui un profond désespoir, car sa conduite remet en cause l'honneur de sa famille, mais également sa définition et sa vision de la pureté féminine. Sa désolation le pousse à chercher des conseils auprès de son père, mais celui-ci ne partage pas ses tracas et sa honte de la conduite de sa fille. Désemparé, Quentin finit par se suicider.

Quentin Compson est également un personnage d'un autre roman de Faulkner, à savoir *Absalom, Absalom !* (1936), et d'une nouvelle, intitulée *Le soleil couchant* (1931).

JASON

Jason est le troisième frère de la famille Compson et celui qui a le moins de lien avec les autres. Dès son enfance, il met des barrières entre lui et ses frères et sa sœur, montre de l'agacement envers eux et cherche à leur attirer des ennuis ou rapporter leurs mauvais agissements auprès des parents, surtout lorsqu'il s'agit de Caddy. À l'âge adulte – une époque qui est notamment narrée par lui-même dans le troisième chapitre –, il devient un homme méprisant et malhonnête rempli d'amertume, à la tête de la maisonnée Campson. Le mariage de Caddy avec Herbert Head lui promettait un emploi dans une banque, mais il a dû renoncer à cette fonction après leur divorce. Il travaille à présent dans un magasin, dirigé par Earl, une situation qui le frustre. Profitant de la faiblesse de son entourage, en particulier de sa mère, il vole sans scrupule l'argent que Caddy envoie pour permettre l'éducation de sa fille, Quentin. Il essaye toujours de retourner les situations en sa faveur et n'hésite pas à manipuler son entourage pour arriver à ses fins.

MADEMOISELLE QUENTIN

Mademoiselle Quentin est la fille de Caddy, élevée par sa grand-mère et son oncle Jason. C'est le seul petit-enfant de la famille Compson. À l'image de sa mère, elle est une adolescente rebelle qui sèche les cours pour rencontrer des hommes. Contrairement à Caddy, elle ne montre cependant aucun remords quant à son attitude et clame haut et fort son droit de liberté. Jason est particulièrement difficile avec elle et ils entretiennent dès lors des rapports compliqués et tendus. Têtue et déterminée, Quentin ne se laisse pas faire et finit par fuir la famille Compson après avoir récupéré l'argent volé dans le coffre-fort de son oncle.

MADAME COMPSON

Caroline Compson, née Bascomb, est la mère des enfants Compson. Elle est profondément égocentrique et ne se soucie que peu de ses enfants du moment qu'ils ne la dérangent pas dans sa tranquillité. Constamment « malade », elle a tendance à s'apitoyer sur son sort sans faire grand-chose pour le changer. Elle est peu investie dans la vie de ses enfants et est parfois même cruelle avec eux, en particulier lorsqu'elle parle du handicap de son fils. Le seul qui arrive à capter son attention est Jason, qui se servira de cela pour la manipuler par la suite.

MONSIEUR COMPSON

Jason Compson est le père de la famille Compson. C'est un homme fataliste qui n'agit pas pour changer le cours des choses, car il estime ne rien pouvoir faire contre les évènements qui touchent sa famille. Ce fatalisme se traduira en alcoolisme qui finira par le tuer. Il est cependant attaché au prestige de sa famille et n'hésite pas à prendre des risques financiers pour que son fils Quentin étudie à Harvard. Il lui inculque les idées d'honneur et de prestige familial, et rend Quentin véritablement obsédé par la réputation de sa famille. Monsieur Compson y accorde cependant peu d'importance dans la pratique, dominé par son fatalisme. Sa réaction détachée aux inquiétudes de Quentin poussera son fils dans la dépression et le mènera finalement au suicide.

DISLEY

Disley est une mère de famille de domestiques qui travaillent pour les Compson. Elle défend des valeurs telles que la famille et l'honneur. Elle est au service des autres et fait preuve d'une grande patience : elle cuisine, nettoie, s'occupe des enfants Compson tout en élevant les siens. Elle semble sincère et altruiste, se préoccupant du bienêtre des enfants. Dans une interview de 1956, Faulkner a confié que Disley était son personnage préféré, car elle est honnête, courageuse et généreuse (Cowan 1968 : 16).

CLÉS DE LECTURE

FAULKNER ET LE COURANT DE LA CONSCIENCE

En littérature, le courant de la conscience ou flux de conscience est une technique narrative qui tente de rendre compte du fonctionnement naturel de la pensée humaine, perçue comme un flux continu d'impressions et d'idées. Le terme – en anglais *stream of consciousness* – est utilisé pour la première fois par le philosophe Alexandre Bain dans l'ouvrage *Le sens et l'intelligence* (1855) où il écrit que « les sensations venant toutes converger en un courant commun de conscience, sur la même route cérébrale, celles de sens différents sont susceptibles de s'associer aussi promptement que celle du même sens » (319). La référence à cette notion plus tardive du psychologue américain William James est cependant plus souvent citée comme la première apparition du terme. En littérature, l'utilisation de la technique du courant de la conscience est souvent associée à la littérature moderniste, les auteurs les plus régulièrement associés à cette technique étant Virginia Woolf, James Joyce et William Faulkner, entre autres.

Ainsi, la technique littéraire du courant de la conscience crée l'illusion que le récit présente les pensées et les impressions d'un personnage, sans l'intervention d'un narrateur qui viendrait filtrer ces pensées (Hamblin et Peek 1999 : 385). Cela traduit l'idée que l'esprit humain n'est jamais statique, mais que la pensée est un flux continu. Concrètement, cela se traduit par des sauts dans la syntaxe, des oublis de ponctuation, des associations d'idées qui rendent le texte souvent complexes. Dans *Ulysses* de James Joyce, on peut par exemple lire :

> *le quart de quelle heure invraisemblable j'imagine qu'ils sont en train de se lever en Chine en ce moment en train de peigner leur queue pour la journée on aura bientôt les bonnes sœurs qui vont sonner l'angélus elles ont personne qui vient bousiller leur sommeil sauf un prêtre ou deux pour l'office de la nuit ou le réveil de la maison à côté qui au premier cri du coq carillonne à s'en péter le caisson voyons si j'arrive à m'endormir 1 2 3 4 5 c'est quoi ces fleurs qu'ils ont inventées comme des étoiles le papier peint de Lombard street était beaucoup plus joli le tablier qu'il m'a offert ressemblait un peu à ça sauf que je l'ai seulement porté deux vaudrait mieux éteindre cette lampe et essayer encore une fois pour que je puisse me lever tôt* (2004 : 966).

Dans la version originale en anglais, l'auteur a même abandonné l'usage de l'apostrophe.

Le courant de conscience est une méthode largement utilisée par Faulkner, qui a été sans nul doute influencé par l'œuvre de James Joyce, autant par *Ulysse* (1922) que par *Le portrait d'un jeune homme* (1916). Il a recours à cette méthode principalement dans les années 1930 et en fait démonstration dans *Le bruit et la fureur* et *Tandis que j'agonise*.

Dans *Le bruit et la fureur*, c'est dans les deux premiers chapitres que Faulkner utilise la méthode du courant de la conscience de manière la plus frappante. Dans le premier chapitre, elle révèle l'incompréhension totale du monde de la part de Benjy. Souffrant d'un handicap mental sévère, il n'a aucune notion de temps. Ainsi, son esprit saute d'un évènement à l'autre en fonction de son ressenti, d'un mot, d'une odeur qui lui fait penser à quelque chose. Le chapitre saute donc d'une époque de sa vie à une autre avec pour seules indications de ces changements la police italique.

Même si Quentin peut distinguer le présent du passé, sa narration est tout aussi complexe que celle de Benjy. Elle oscille entre le temps présent à Harvard et les souvenirs passés de Quentin, principalement liés à sa sœur Caddy. Pour entrer dans l'esprit tourmenté de Quentin, Faulkner joue parfois sur la syntaxe, la mise en page et la ponctuation, notamment avec l'introduction de dialogues mêlés sans indications au reste du texte :

> *Caddy*
>
> *elle n'avait pas attaché Prince et il pouvait rentrer à*
> *l'écurie s'il lui en prenait fantaisie*
>
> *n'importe quand il me croira*
>
> *est-ce que tu l'aimes Caddy*
>
> *si je quoi*
>
> *elle me regarda et le vide se fit dans ses yeux et on*
> *eût dit*
>
> *des yeux de statue vagues aveugles et sereins*
> (1949 : 165).

Dans les deux cas, la technique du courant de la conscience permet à Faulkner d'organiser la narration par association d'idées plutôt que de manière chronologique et logique. Les associations mentales des deux narrateurs sont révélatrices de leur manière de penser et suggèrent ainsi les thèmes principaux du roman. Comme l'explique Michael H. Cowan, en intercalant les souvenirs de Benjy du mariage de Caddy avec ceux des morts de quatre membres de la famille (sa grand-mère, son père, Quentin et Roskus), Faulkner lie ces évènements par un dénominateur commun qui est celui de la perte d'êtres chers. En imbriquant la liaison de Quentin avec la petite Italienne et ses souvenirs d'enfance avec Caddy, ou sa querelle avec Gerald Bland et ses souvenirs de Dalton Ames, Faulkner suggère non seulement les obsessions de Quentin, mais aussi un monde extérieur à la famille de Compson qui pourrait partager de nombreux dilemmes de cette famille (1968 : 9).

LA CHRONOLOGIE DU ROMAN ET LE CONCEPT DE TEMPS

La temporalité du roman est particulière. Divisé en quatre chapitres, le roman distingue deux actions : les évènements d'avril 1928 – racontés dans le chapitre 1, 3 et 4 – et le dernier jour de la vie de Quentin, le 2 juin 1910. La première action qui se déroule sur trois jours sert en réalité de cadre pour aborder une action beaucoup plus large et complexe qui s'étale sur une période de trente ans, de 1898 à 1928. Les moments du présent s'entremêlent avec les souvenirs du passé de chaque personnage. Cependant, Perrin Lowrey avance l'idée que si on y regarde de plus près, il y a dans le roman néanmoins une certaine chronologie (édité par Cowan 1968 : 54). En effet, les souvenirs de Benjy se concentrent majoritairement sur son enfance, entre les années 1898 et 1910, avec une insistance particulière sur sa petite enfance, et ne mentionnent qu'à peu de reprises des évènements ultérieurs à cette période. Ensuite, Quentin, depuis le présent narratif en 1910, se concentre sur des évènements passés plus récents, notamment la promiscuité de Caddy, sa grossesse et son mariage en cette année-là. La narration de Jason se concentre ensuite principalement sur les évènements depuis la naissance de la fille de Caddy jusqu'au présent, c'est-à-dire de 1910 à 1928. Si les chapitres sont datés et présentés de manière non chronologique, on peut donc constater une suite logique dans les actions présentées dans les souvenirs des personnages, qui, finalement, prennent autant voire plus de place que les évènements du présent.

Au-delà de la structure, le temps est un thème abordé tout au long de *Le bruit et la fureur* à travers non seulement des références directes au temps, mais également grâce au symbole de l'horloge et de la montre. Chaque personnage a une perception du temps différente. Dans le cas de Benjy, comme le souligne intelligemment Lowrey (1968 : 54), on peut difficilement parler de concept de temps puisque c'est une notion qu'il ne comprend pas et qui n'existe pas pour lui. Il ne distingue pas le présent du passé. Par conséquent, il ne comprend pas non plus les relations de cause à effet, par exemple. Tout pour lui est temporaire et interprété selon ses sensations. Il confond les évènements les uns avec les autres quand l'un lui rappelle l'autre. Par exemple, lorsqu'il trouve mademoiselle Quentin près de la balançoire en train de flirter avec un garçon, il pense au même évènement des années auparavant, lorsqu'il avait trouvé sa sœur Caddy au même endroit avec Charlie, sans les distinguer (1968 : 55).

Contrairement à son frère, le rapport au temps est une obsession pour Quentin. Sa narration commence d'ailleurs par la mention de la montre que son père lui a donnée : « Je me retrouvais alors dans le temps, et j'entendais la montre. C'était la montre de grand-père et, en me la donnant, mon père m'avait dit : [...] Je te donne, non pour que tu te rappelles le temps, mais pour que tu puisses l'oublier parfois pour un instant, pour éviter que tu ne t'essouffles en essayant de le conquérir » (83). Le père Compson perçoit le temps de manière contradictoire : « papa m'a dit que les pendules tuaient le temps. Il m'a dit que le temps reste mort tant qu'il est rongé par le tictac des petites roues. Il n'y a que lorsque la pendule s'arrête que le temps se remet à vivre » (92). Selon l'analyse de Lowrey (1968 : 55), Quentin pense le temps d'une manière différente de son père, car il veut lui échapper. Au début de sa narration, alors qu'il se réveille, il dit se retrouver dans le temps. Ainsi, pour lui, le sommeil lui permet d'échapper de façon temporaire au temps. La mort, quant à elle, permet d'y échapper pour toujours. Paradoxalement, il a prévu son suicide à la minute près. Cela explique pourquoi il tente tant bien que mal durant ce chapitre d'oublier l'heure qu'il est : s'il oublie le temps avant l'heure de son suicide, le temps continuera de s'écouler jusqu'à l'heure fatidique (1968 : 56). Malgré ses tentatives variées d'oublier le temps, il continue d'y penser, quand ce n'est pas le tictac mécanique de sa montre, ce sont les éléments naturels – comme la position du Soleil – qui lui rappellent l'écoulement du temps. Les références au temps envahissent l'ensemble de la narration de Quentin, rendant compte de son obsession.

Cette obsession est aussi présente dans l'esprit du troisième frère Compson, Jason, bien que de manière moins pervasive que dans le cas de Quentin (1968 : 58). Il fait constamment référence au fait qu'il n'a pas le temps, et que les autres ne font que gâcher le leur. Dans un sens, le temps est de l'argent pour Jason, et il en parle d'ailleurs dans des termes similaires (1968 : 59). Il perçoit le temps de façon mécanique, une attitude qui reflète sa personnalité basée sur la raison et non sur les sensations ou les émotions, comme Benjy.

FAULKNER ET LE SOUTHERN GOTHIC

William Faulkner est connu comme l'un des meilleurs représentants du genre gothique du Sud, connu sous le nom de *Southern Gothic*. Comme ce nom l'indique, il s'agit d'un sous-genre littéraire du genre gothique qui prend place dans le sud des États-Unis. D'autres auteurs communément associés au genre sont Truman Capote, Tennessee Williams, Carson McCullers, Eudora Welty, et Flannery O'Connor.

Les caractéristiques récurrentes dans les œuvres du *Southern Gothic* sont les personnages imparfaits, dérangeants ou excentriques, les décors délabrés, les maisons abandonnées, les situations grotesques, les évènements sinistres, l'aliénation, la pauvreté, la violence, la décadence, le désespoir, l'influence du passé sur le présent, la perte des idéaux, etc. Pour aborder ces thèmes, le *Southern Gothic* emploie un style macabre ainsi que l'ironie, mais contrairement au genre gothique, il utilise ces outils non seulement pour le suspense, mais également pour examiner les valeurs du sud et explorer certaines questions sociales, liées à l'histoire du sud américain, comme le racisme, l'esclavage, la violence, l'après-Guerre Civile, etc. Ainsi, le *Southern Gothic* se distingue du genre gothique principalement pour le cadre dans lequel les œuvres prennent vie.

L'œuvre de Faulkner offre une exploration importante de ces thématiques. On y trouve, par exemple, le manoir qui s'effondre et la famille qui y est associée, la nature sauvage, la petite ville peuplée de personnages excentriques, obsédés et frustrés, mais aussi, de manière plus large, les thèmes de la quête de la connaissance, de l'intrusion du passé dans le présent, du schéma cyclique capture-fuite-poursuite-recapture, de la manipulation des autres à des fins égoïstes et de l'inintelligibilité de la vie (Hamblin et Peek 1999 : 157). Dans *Le bruit et la fureur*, Quentin illustre le thème de la quête de savoir et les dangers qui lui sont liés, la famille Compson est l'une des nombreuses familles fictives créées par Faulkner qui est déstabilisée par les évènements passés, et Jason Compson (le fils) représente parfaitement la manipulation et l'égoïsme. Un autre thème prédominant de la littérature gothique est la capacité des groupes opprimés à triompher, une idée mise en avant dans *Le bruit et la fureur* grâce au personnage de Disley, qui, comme l'écrivent Hamblin et Peek, s'impose comme un exemple éminent de la capacité de l'esprit humain à triompher au milieu de l'oppression (1999 : 157). Enfin, la fiction de Faulkner rend aussi compte des thèmes du pouvoir des émotions, de l'obscurité qui se cache derrière l'idée de civilisation, et de la relation entre perception et réalité, prédominant dans le genre gothique.

PISTES DE RÉFLEXION

QUELQUES QUESTIONS
POUR APPROFONDIR SA RÉFLEXION...

- Le titre du livre fait référence au *MacBeth* de Shakespeare : « La vie n'est qu'une ombre qui passe, un pauvre acteur qui se pavane et s'agite durant son heure sur la scène et qu'ensuite on n'entend plus. C'est une histoire dite par un idiot, pleine de bruit et de fureur, et qui ne signifie rien ». Commentez ce choix.

- Comparez les narrateurs des trois premiers chapitres du livre : en quoi sont-ils différents ? Qu'apporte leur narration au roman ? Quelles techniques narratives sont propres à chacun ? Sont-ils des narrateurs fiables ?

- Quels mêmes évènements sont narrés différemment par Benjy et Quentin ? En quoi ces différentes narrations reflètent-elles la personnalité des deux personnages ?

- Comment justifier le choix de l'absence de Caddy comme narratrice dans le roman ? Que pensez-vous qu'un tel chapitre aurait apporté à l'histoire ?

- Comment la perception du passé de chaque personnage affecte-t-elle sa relation au présent ?

- Que signifie la fin du roman ?

- Quelle relation entretient chaque frère avec leur sœur Caddy ? En quoi ces relations sont-elles différentes ou similaires ?

- Caroline Compson pense que ses enfants sont des malédictions et n'est fière que de son fils Jason. Comment expliquer ce sentiment ? Comment son attitude affecte-t-elle ses enfants ?

- Quelle est la place des personnages noirs dans le roman ? Comment les différents membres de la famille Compson agissent-ils avec eux ?

POUR ALLER PLUS LOIN...

ÉDITION DE RÉFÉRENCE

- FAULKNER W., *Le bruit et la fureur*, traduit de l'anglais et préfacé par Maurice E. Coindreau, Paris, Gallimard, 1949, p. 309.

ÉTUDES DE RÉFÉRENCE

- Larousse, « William Harrison Falkner, dit William Faulkner » sur https://www.larousse.fr/encyclopedie/personnage/William_Harrison_Falkner_dit_William_Faulkner/119122. [Consulté le 09/12/2021].

- BAIN A., *Les sens et l'intelligence*, Paris, G. Baillière, 1874, p. 664.

- COWAN M. (ed.), *Twentieth century interpretations of The Sound and the Fury. A collection of Critical Essays*, Englewood Cliffs, Prentice-Hall, 1968.

- HAMBLIN R. W. & PEEK C. A. (eds.), A *William Faulkner Encyclopedia*, London, Greenwood Press, 1999.

- JOYCE J., *Ulysse*, Paris, Gallimard, 2004, p. 981.

ADAPTATIONS

- RITT M., *Le bruit et la fureur* (film, 1959).

- FRANCO J., *Le bruit et la fureur* (film, 2014).

Votre avis nous intéresse !
Laissez un commentaire sur le site de votre librairie en ligne
et partagez vos coups de cœur sur les réseaux sociaux !

lePetitLittéraire.fr

- un résumé complet de l'intrigue ;
- une étude des personnages principaux ;
- une analyse des thématiques principales ;
- une dizaine de pistes de réflexion.

**Retrouvez
notre offre complète sur**
lePetitLittéraire.fr

ISBN version numérique : 9782808026857
ISBN version papier : 9782808026864
Dépôt légal : D/2021/12603/183

Conception numérique : Primento,
le partenaire numérique des éditeurs.